OPAN ... PUBLIC LIBRARY

D0868157

Lili Puce
fait la révo

Orangeville Public Library
1 Mill Street
Orangeville, ON L9W
(519) 941-06

Une histoire écrite par
Alain Ulysse Tremblay
et illustrée par
Rémy Simard

À James et Alexandra

Alain

cheval
masqué

Catalogage avant publication de Bibliothèque et Archives nationales du Québec et Bibliothèque et Archives Canada

Tremblay, Alain Ulysse, 1954-

      Lili Pucette fait la révolution

      (Cheval masqué)
      Pour enfants de 6 à 10 ans.

      ISBN 978-2-89579-158-4

      I. Simard, Rémy. II. Titre.

PS8589.R393L54 2007   jC843'.6   C2007-941031-6
PS9589.R393L54 2007

Nous reconnaissons l'aide financière du gouvernement du Canada par l'entremise du Programme d'aide au développement de l'industrie de l'édition (PADIÉ) pour nos activités d'édition.

Conseil des Arts   Canada Council
du Canada   for the Arts

Bayard Canada Livres inc. remercie le Conseil des Arts du Canada du soutien accordé à son programme d'édition dans le cadre du Programme des subventions globales aux éditeurs.

Cet ouvrage a été publié avec le soutien de la SODEC.
Gouvernement du Québec – Programme de crédit d'impôt pour l'édition de livres – Gestion SODEC.

Dépôt légal – 3e trimestre 2007
Bibliothèque nationale du Québec
Bibliothèque nationale du Canada

Direction : Andrée-Anne Gratton
Graphisme : Janou-Ève LeGuerrier
Révision : Pierre Guénette

© **Bayard Canada Livres inc.**, 2007
4475, rue Frontenac
Montréal (Québec)
Canada H2H 2S2
Téléphone : 514 844-2111 ou 1 866 844-2111
Télécopieur : 514 278-3030
Courriel : edition@bayard-inc.com
Site Internet : www.chevalmasque.ca

Imprimé au Canada

1

LILI PUCETTE ABANDONNÉE

C'est jour de fête. Les invités arrivent avec des cadeaux plein les bras. Est-ce mon anniversaire ? Est-ce que tous ces paquets me sont destinés ?

L'un des invités me dit :

— Oh ! Quelle belle Pucette que voici !

Un autre me demande :

— Salut, Lili ! C'est le grand jour, aujourd'hui, n'est-ce pas ?

Un dernier ajoute :

— Elle est drôle, cette Lili Pucette !

Les invités vont et viennent dans la maison avec leurs colis. Ce sont tous des Grandes-Pattes, comme mes maîtres. Mais bien vite personne ne se préoccupe plus de moi. C'est mon anniversaire et on ne me flatte pas les oreilles ? On ne me donne pas MES cadeaux ?

Puisque c'est comme ça, je sors d'ici ! La porte est ouverte. Je m'en vais en bougonnant. Ils auront l'air fin, tantôt, quand viendra le temps de déballer MES cadeaux. Je ne serai pas là !

Je trottine jusqu'au parc où mon maître me promène d'habitude. Je me couche sous un arbre et je m'endors. Dans mon rêve, tous les invités m'entourent et chantent « Bonne fête, Lili ». Je déballe un cadeau : le plus énorme gâteau aux biscuits de chien jamais vu ! J'ouvre la bouche pour y goûter, mais... je me réveille en sursaut. Tout de suite, je cours à la maison, à vive allure.

—J'arrive ! J'arrive ! Ne mangez pas ce gâteau sans moi ! J'arrive !

Car je connais les Grandes-Pattes. Ils sont capables de tout dévorer sans m'en

laisser une miette. J'entre en coup de vent dans la maison.

— Je suis là ! Je suis là !

Mais seul l'écho me répond : Je suis là ! Je suis là ! Alors, je m'arrête au milieu de la cuisine. Horreur ! Quelqu'un a volé le réfrigérateur, la cuisinière, la table, les chaises et mon bol. Puis, je cours au salon. Le bandit a aussi volé les fauteuils, le sofa, les lampes, et même – oh, catastrophe ! – mon panier et mon coussin.

— Maîtres ? Maîtres ? Où êtes-vous ?

J'inspecte à fond toutes les pièces. Où sont passés mon bol et mon gâteau d'anniversaire ? Tout a disparu. Le voleur a même pris mes maîtres. Qu'est-ce que je vais devenir, maintenant ?

La nuit tombe et il commence à faire noir. Mes maîtres ne sont plus là pour faire apparaître la lumière. Je suis si malheureuse que je pleure jusqu'au matin, blottie contre la fenêtre de la cuisine.

À l'aube, un camion recule dans l'entrée. Est-ce que ce sont mes maîtres qui reviennent me chercher ? Non. Une bande de Grandes-Pattes que je ne connais pas envahit la maison, les bras chargés de boîtes. Je jappe pour les effrayer.

L'un des Grandes-Pattes dit :

— Regardez-moi cette puce qui veut nous manger !

— Un chien errant, ajoute un autre. Il s'est sûrement réfugié ici durant la nuit.

Trois Grandes-Pattes essaient de m'attraper. Mais n'attrape pas Lili Pucette qui veut ! Je mords le petit doigt du premier, le pantalon du suivant et les lacets du troisième. Ensuite, je m'enfuis en courant de toutes mes forces.

Mes maîtres m'ont-ils abandonnée ?
Sont-ils partis en m'oubliant ? Ou peut-
être ont-ils été kidnappés ? Que vais-je
devenir, une si petite Lili Pucette seule au
monde ? Qui va me nettoyer les oreilles,
maintenant ?

Chapitre 2
LILI PUCETTE EMPRISONNÉE

Je viens de sentir et de flairer la moitié de la ville. Pas de trace de mes maîtres. Tout à coup, un grand bruit de frein me fait sursauter.

Un Grandes-Pattes saute de la fourgonnette en criant :

— Attrapons ce chien errant !

Ses deux complices se lancent à ma poursuite. Bientôt, trois Grandes-Pattes m'encerclent.

Le premier s'approche en murmurant :

— Bon chien chien !

— Viens, le chien, ajoute le deuxième, en déployant un filet.

Les trois Grandes-Pattes se jettent sur moi. Je bondis de côté. Le filet n'attrape que des cailloux. Comme je suis petite, je n'ai pas de difficulté à me faufiler entre leurs grandes pattes. Puis, je m'enfuis, suivie de près par les Grandes-Pattes. Je les sème en tournant dans une ruelle. Je me cache derrière une palissade.

Pourquoi les Grandes-Pattes me pourchassent-ils ? Je n'ai pourtant rien fait

de mal. Je suis le chien le plus gentil des environs.

Les Grandes-Pattes passent sans me voir. Ouf! J'en profite pour galoper jusqu'à l'autre bout de la ruelle. Comme je n'ai pas envie de finir en prison, j'ai intérêt à courir vite. Mais les Grandes-Pattes m'ont tendu un piège. Ils m'attendent à la sortie de la ruelle avec leur filet. Et pang! Je tombe dedans, les quatre fers en l'air!

L'un des Grandes-Pattes gronde:

— Ah! Tu croyais nous échapper aussi facilement?

Ils m'enferment à l'arrière de la fourgonnette. Deux autres prisonniers s'y trouvent: ils s'appellent Momo et Minus.

Durant le trajet, Momo est de mauvais poil et bougonne dans son coin. Minus, lui, dort sur la banquette. À la fourrière, on nous emprisonne dans la même cage.

Momo dit :

— Moi, je n'ai pas l'intention de moisir ici.

— C'est ça, gros malin ! lui répond Minus, en s'allongeant pour une sieste. Ronge les barreaux et on s'enfuira.

Je parle à mon tour :

— Vos maîtres ne vont-ils pas vous chercher ?

— Quels maîtres ? répond Momo, en éternuant. Il y a des années qu'ils nous ont abandonnés.

— On est maintenant des chiens errants, précise Minus, en bâillant.

Je suis contente. Enfin, je ne suis plus seule. Sauf que les jours sont monotones à la fourrière. Manger et dormir, boire un peu d'eau, manger et dormir, il n'y a rien d'autre à faire.

Minus dort presque tout le temps. Momo, lui, supporte mal la prison. Parfois, il fait de grandes colères aux Grandes-Pattes, qui sont plutôt gentils avec nous. Certains me nettoient même les oreilles. Sauf que j'aimerais bien vivre ailleurs qu'en prison.

Momo aboie :

— Quand je sortirai d'ici, je ferai la révolution ! Je démolirai toutes les four-rières du monde ! Les chiens regagneront leur liberté ! Ce sera la révolution, je vous le promets ! Et moi, Momo, on me traitera en héros ! On m'appellera le Che, le Che Ouawa* ! Vous verrez !

— Arrête, Momo, dit Minus. Ça ne sert à rien.

* Che Guevara était un révolutionnaire sud-américain.

—Il faut qu'on sorte d'ici, les amis, répond Momo. La révolution a besoin de nous.

Soudain, j'ai une idée lumineuse. Je viens de trouver le moyen de nous évader. Je chuchote mon plan à l'oreille de mes amis. Il ne faut pas que les Grandes-Pattes nous entendent, sinon on ne pourra pas mettre notre plan à exécution.

— D'accord ! approuve Minus.

— Génial ! s'exclame Momo.

Nous allons dormir comme les chiens les plus soumis du monde. Mais, en fait, c'est pour faire le plein d'énergie. Nous en aurons besoin au réveil.

Le lendemain matin, après le déjeuner, nous commençons à nous plaindre.

Momo se tortille et jappe :

— Ouille, mon ventre !

Minus l'imite :

— Ouille ! Ouille !

Quand vient mon tour, je dis :

— Ouille, j'ai mal au ventre !

Si bien que les Grandes-Pattes viennent avec une civière sur laquelle ils tentent de nous installer tous les trois.

Un Grandes-Pattes dit :

— Ils sont malades. Menons-les chez le vétérinaire.

Mais la civière est trop petite. Momo tombe par terre quand les Grandes-Pattes y couchent Minus. Et Minus m'écrase quand ils le tournent sur le côté. À la fin, les Grandes-Pattes décident de nous placer, Momo et moi, en travers du ventre de Minus.

Momo grogne encore :

—Qu'est-ce qu'il faut endurer pour la révolution !

Sitôt sortis de la fourrière, nous nous redressons et nous détalons à la vitesse de l'éclair. Les Grandes-Pattes mettent trop de temps à réagir. Pendant qu'ils essaient de démarrer leur fourgonnette, nous sommes rendus deux rues plus loin. Nous courons à nous en défoncer les pattes, la langue à terre.

Nous ne nous arrêtons qu'une fois hors de la ville. À bout de souffle, nous nous étendons à l'ombre, sous un arbre. Je suis fière de moi. J'ai retrouvé ma liberté. De plus, je me suis fait de nouveaux amis. Ils vont peut-être m'aider à rechercher mes maîtres.

Chapitre 3

LILI PUCETTE ERRANTE

Minus agite sa queue et dit :

— Regardez ce que j'ai trouvé.

Ce jambon semble délicieux. Un jambon, c'est un truc tendre avec un bout dur au milieu. Comme nous sommes morts de faim, nous le dévorons tous ensemble. Nous avons trotté dans les champs, sous un soleil brûlant, toute la journée.

Tout en savourant le jambon, je demande à Minus :

— Est-ce que tu l'as trouvé au bord de la route, ce jambon ?

— Je l'ai chipé au boucher du village, là-bas, me répond Minus.

— Tu l'as volé ?

Momo défend Minus :

— Un chien errant mange ce qu'il peut. Je te rappelle que nous n'avons pas de maître pour nous servir un bol de nourriture tous les matins.

Momo a raison. Sauf que je me sens mal d'être complice de vol. Ce n'est pas dans mes habitudes de bon chien. J'ai déjà rapporté à mes maîtres un bout de sandwich qui était tombé de la table.

Momo me dit :

— Écoute, Lili. On va t'apprendre la vie.

— Ouais ! La vraie vie de chien errant !
précise Minus.

Première leçon : il faut toujours jap-
per après les Grandes-Pattes pour leur
montrer qui est le maître. Pourtant, je les
adore mes Grandes-Pattes de maîtres !

Alors, Momo et Minus me conduisent au village.

— Montre-leur qui est le plus fort, dit Momo. Vas-y ! Un révolutionnaire n'a peur de rien !

J'entre dans la première cour rencontrée. Un petit Grandes-Pattes joue seul dans l'herbe. Je m'en approche doucement. Une fois dans son dos, je jappe très fort, comme me l'a appris Momo. L'enfant se met à hurler. Je déguerpis, morte de trouille.

Momo me félicite :

— Bravo, Lili, mais tu aurais pu choisir un plus gros Grandes-Pattes.

Sauf que je ne me sens pas fière du tout.

Deuxième leçon: les Grandes-Pattes ont de la nourriture bonne à dérober. Quoi? Moi, voler?

Momo et Minus me mènent près de la boucherie du village. Minus m'explique:

—Tu fais le bon chien. Tu entres. Tu piques ce que tu peux. Tu te sauves vite. Et nous partageons après.

J'entre dans la boucherie. Personne ne me voit. Je me cache derrière un comptoir. Quand le boucher tourne le dos, je mords dans les saucisses et je détale. Les saucisses suivent, mais elles se coincent dans la porte. Je me retrouve sur le dos, un peu étourdie.

Minus attrape les saucisses et nous nous enfuyons loin du village.

Cette fois, c'est au tour de Minus de me féliciter :

— Bravo, Lili, mais tu aurais pu en prendre plus.

Je ne me sens pas fière.

J'adore les saucisses, ces trucs mous et juteux. Mais je n'avais jamais volé jusqu'à maintenant.

Troisième leçon de la vie de chien errant : les desserts ne sont pas que pour les Grandes-Pattes.

Je demande :

— Un dessert ? Qu'est-ce que c'est ?

— C'est bon, répond Minus.

Nous retournons au village, près du comptoir du glacier. Plusieurs enfants Grandes-Pattes lèchent des cornets de crème glacée. Ils paraissent ravis. Minus s'approche de l'un d'eux, avec l'air d'un bon chien. Puis, il lance un puissant *ouaf.* L'enfant échappe son cornet ! Minus le rattrape au vol et l'engloutit d'une bouchée.

De son coté, Momo rôde autour d'une fillette qui s'enfuit en hurlant. Il dévore son cornet! Moi, je suis incapable d'agir ainsi.

Puis, le glacier se lance à notre poursuite. Entre-temps, Momo a réussi à avaler trois cornets, et Minus, sept. Une fois loin du village, je dis à mes amis:

— Écoutez, les gars. Je pense que je ne suis pas très douée pour la vie de chien errant.

— Vrai! réplique Minus. Avec le peu de saucisses que tu as pris, j'ai déjà faim, moi.

Momo ajoute:

— Et pour faire peur aux Grandes-Pattes, j'ai déjà vu mieux.

Cette journée a été épuisante. J'ai un peu mal aux oreilles. Je les gratte. Puis, nous nous couchons en rond de chien, collés les uns aux autres, pour une bonne nuit de sommeil.

Le lendemain matin, le soleil me réveille. Je me retourne pour saluer mes amis, mais… Où sont-ils? Momo? Minus? Qu'est-ce qui se passe? Ils ont disparu! Que leur est-il arrivé? Et… Et s'ils avaient été kidnappés par les Grandes-Pattes? Ou bien, est-ce qu'ils m'ont abandonnée, eux aussi? C'est vrai: ils m'ont dit que je ne suis pas très habile pour mener cette vie…

Chapitre
4
LILI PUCETTE RÉVOLUTIONNAIRE

Je me remets en route. Je me sens fatiguée comme dix chiens de traîneaux après une course dans la tempête. Je suis seule au monde, encore une fois. Soudain, j'entends courir derrière moi. J'ai peur. Je me sauve sans me retourner.

J'entends Momo qui me crie :

—Lili ! Lili, attends-nous ! Nous étions juste allés chercher le déjeuner.

—Tiens, je t'ai même apporté un dessert, dit Minus.

Comme je suis heureuse de les revoir ! Je dévore le dessert en premier. C'est un truc mou qui éclate dans la bouche. C'est délicieux. Momo a raison. Les desserts ne sont pas seulement pour les Grandes-Pattes.

— Bon, fait Momo. Si on la commençait, cette révolution ?

La quatrième leçon de la vie de chien errant est sans doute la plus importante. On n'abandonne jamais un ami, même s'il n'est pas très doué pour ce genre de vie.

Momo et Minus sont décidés. Moi, je ne sais pas encore si je serai une bonne révolutionnaire. Nous retournons en ville parce que c'est là que les Grandes-Pattes construisent le plus de fourrières.

Momo affirme :

— Ce n'est pas parce que nous sommes des chiens qu'il faut nous laisser traiter comme des chiens !

Son plan est simple. Il faut commencer par libérer une fourrière. C'est le meilleur moyen de se faire des amis et des alliés.

Momo continue son discours :

— Plus il y aura de chiens dans la révolution, moins il y en aura dans les prisons !

Toutes les rues sont sillonnées par les fourgonnettes des fourrières. Sur leurs portières, il y a des photographies de Momo, de Minus et de moi. C'est écrit : Recherchés, chiens méchants.

— Ah ! Ah ! dit Momo. Je vois que les nouvelles vont vite ! Alors, nous devons être plus vite que les nouvelles !

Nous attendons la nuit pour attaquer notre première fourrière. Momo et Minus sèment la pagaille devant la porte. Les Grandes-Pattes sortent avec leurs filets. Moi, je me faufile par la porte ouverte. Je cours partout à l'intérieur de la fourrière en ouvrant les cages et en criant :

— Fuyez ! C'est la révolution !

Une meute de chiens déboule sur le trottoir. Les Grandes-Pattes ne savent plus où donner des pattes. C'est la panique.

Momo crie aux chiens :

— Suivez-moi ! La révolution vaincra !

Durant la nuit, nous avons libéré cinq

autres fourrières. Et Momo a installé son quartier général dans un terrain vacant. Tous les chiens libérés s'y réunissent pour écouter les longs discours révolutionnaires de Momo.

Il leur dit :

— Les Grandes-Pattes ne doivent plus jamais nous commander !

— Vive le Che Ouawa ! répondent les chiens. Vive la révolution !

Moi, Lili Pucette, je n'avais jamais imaginé un jour de devenir une révolutionnaire. Pourtant, une chose m'inquiète : est-ce que la révolution peut nettoyer mes oreilles ?

▲

Chapitre 5

LILI PUCETTE RETROUVÉE

Je suis en prison. J'ai été capturée dans un coup de filet, avec quelques autres chiens. Par chance, Momo et Minus ont réussi à se sauver.

Je m'ennuie dans ma cage. Quand des Grandes-Pattes arrivent, je fais semblant de dormir. Je ne veux voir personne. Mais une odeur chatouille ma truffe*. Cette odeur me rappelle quelque chose.

* La truffe, c'est le nom donné au nez d'un chien.

— Lili ? C'est bien toi ?

Il me semble reconnaître cette voix !

Mon maître ? Mes maîtres ? Ils ouvrent la cage où je suis prisonnière et je saute dans leurs bras. Je pense que je vais fondre de joie. Ils me flattent les oreilles. Seuls les maîtres savent bien flatter les oreilles.

Mon maître me dit :

— Pauvre Lili ! Nous t'avons oubliée en déménageant. Et tu n'étais plus là quand je suis revenu te chercher.

Mes maîtres me ramènent à leur nouvelle maison. J'ai hâte de retrouver mon coussin et mon panier. Je cours devant eux vers la porte. En entrant dans la maison, mon flair m'avertit de quelque chose d'anormal.

Mon maître me dit :

— Viens, Lili, je dois te présenter.

Quelle surprise ! Sept chiots blonds se chamaillent dans un panier. Dans MON panier !

Mon maître m'explique :

— Ce sont des orphelins. Leur mère a

eu un accident et elle est morte. Nous l'avions adoptée parce que nous pensions que tu étais disparue pour toujours.

En me voyant, les chiots se précipitent sur moi. L'instant d'après, je roule par terre sous leurs coups de langue. Je ne m'attendais pas à ça. Moi, devenir maman ? Élever et éduquer tous ces chiots pour qu'ils deviennent de bons chiens ? Ou des révolutionnaires ?

L'un des chiots saute sur mon dos en criant :

—Maman !

—Maman ! jappe l'autre en repoussant le premier.

—Maman ! Maman ! enchaîne le suivant en poussant les deux autres.

Qu'est-ce que je dois faire ? Je leur dis :

—Euh… D'accord, les enfants. Vous allez devoir m'obéir, sinon pas de dessert !

—C'est quoi, un dessert, maman ?

—Je vous expliquerai plus tard. Et maintenant, hop ! tout le monde à la sieste.

Lorsque les chiots sont endormis, je me couche devant le panier et je les regarde. Bon, il faut que je l'accepte : je suis maintenant la maman de sept bébés. Je vois tout ce qu'il y a à faire pour eux.

Je crois bien qu'élever ces chiots me de-
mandera autant de travail que de faire la
révolution.

▲

J'entends encore beaucoup parler de
Minus et de Momo. Les Grandes-Pattes
sont inquiets de leur révolution. Moi, je

rigole parce que je sais qu'ils vont réussir. Un jour, les Grandes-Pattes et les chiens seront tous égaux.

Quand mes petits seront de grands chiens, beaux et forts, nous irons rejoindre les chiens qui feront la révolution. En attendant, je suis heureuse. J'élève mes bébés. Je leur raconte les exploits de Momo et Minus, leurs oncles révolutionnaires. Et mes oreilles sont nettoyées chaque semaine.

Mes bébés ont pris l'habitude de crier, avant de dormir :

— Vive le Che Ouawa !

Et moi, j'ai pris l'habitude de leur répondre :

— Vive la révolution !

FIN

As-tu lu les autres livres de la collection ?

 AU PAS

Casse-toi la tête, Élisabeth !
de Sonia Sarfati et Fil et Julie

Mon frère Théo
Ma sœur Flavie
de France Lorrain et André Rivest

Où est Tat Tsang ?
de Nathalie Ferraris et Jean Morin

Plus vite, Bruno !
de Robert Soulières et Benoît Laverdière

 AU TROT

Gros ogres et petits poux
de Nadine Poirier et Philippe Germain

Le cadeau oublié
d'Angèle Delaunois et Claude Thivierge

Lustucru et le grand loup bleu
de Ben et Sampar

Po-Paul et le nid-de-poule
de Carole Jean Tremblay et Frédéric Normandin

AU GALOP

Lili Pucette fait la révolution
d'Alain Ulysse Tremblay et Rémy Simard

Prisonniers des glaces
de Paule Brière et Caroline Merola

Thomas Leduc a disparu !
d'Alain M. Bergeron et Paul Roux

Ti-Pouce et Gros-Louis
de Michel Lavigne